PUBLICATION DE LA RÉUNION DES OFFICIERS

MÉLANGES MILITAIRES
2e SÉRIE)
LXXXVIII. LXXXIX

LA GUERRE
EN ALGÉRIE

INSTRUCTIONS SOMMAIRES

POUR

LA CONDUITE D'UNE COLONNE

PAR

LE GÉNÉRAL LAPASSET

PARIS

CH. TANERA, EDITEUR

LIBRAIRIE POUR L'ART MILITAIRE ET LES SCIENCES

Rue de Savoie, 6

1873

LA GUERRE

EN ALGÉRIE

MÉLANGES MILITAIRES

PREMIÈRE SÉRIE

CONTENANT

LES PRINCIPAUX ARTICLES PUBLIÉS

 DANS LE

BULLETIN DE LA RÉUNION DES OFFICIERS

EN 1871 ET 1872

5 VOLUMES PETIT IN-8° CARTONNÉS

Prix : 25 fr.

Il ne reste qu'un très-petit nombre de collections complètes.

873—Paris, imp A. Dutemple, 7, rue des Canettes.

PUBLICATION DE LA RÉUNION DES OFFICIERS

LA GUERRE

EN ALGÉRIE

INSTRUCTIONS SOMMAIRES

POUR

LA CONDUITE D'UNE COLONNE

PAR

LE GÉNÉRAL LAPASSET

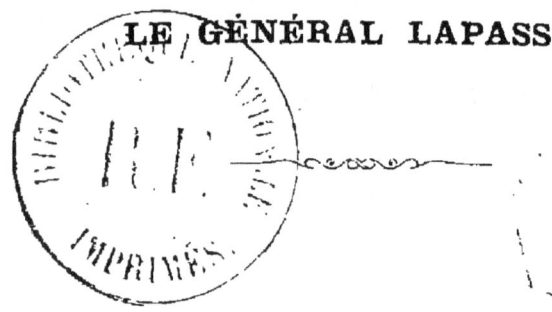

PARIS

CH. TANERA, ÉDITEUR

LIBRAIRIE POUR L'ART MILITAIRE ET LES SCIENCES

Rue de Savoie, 6

1873

AVANT-PROPOS

Ayant longtemps fait la guerre en Algérie, y ayant commandé des colonnes, j'ai cru être utile à mes camarades de l'armée en leur communiquant les instructions sommaires données à mes troupes; elles sont le résultat de l'expérience et, pour la plupart, la reproduction de certains ordres du maréchal Bugeaud, le grand maître à tous; leur connaissance et leur observation évitent bien des pertes de temps, bien des incertitudes, bien des souffrances et beaucoup de mécomptes; quelques-unes peuvent trouver leur application dans la conduite des troupes en Europe.

LA GUERRE EN ALGÉRIE

INSTRUCTIONS SOMMAIRES

POUR LA CONDUITE D'UNE COLONNE EN ALGÉRIE

§ Ier. — TENUE DE CAMPAGNE

L'expérience a prouvé que nos soldats étaient généralement trop chargés; tous les soins, toute l'attention des chefs
de corps doivent constamment être éveillés entre ces deux
points extrêmes:

Emporter le nécessaire, tout en réduisant le chargement du
sac à sa *plus simple expression.*

La veste est la tenue de campagne habituelle.

Dans la bonne saison, les hommes sont en guêtres blanches,
le bas du pantalon relevé dans la guêtre; ils sont tous munis
d'un quart et d'un petit bidon. — En hiver, la guêtre de cuir
remplace la guêtre blanche.

Le sac doit renfermer : 1° une bonne chemise (celle qui est
sur le corps doit être neuve ou à peu près); 2° un caleçon;
3° une paire de guêtres blanches; 4° une calotte de coton;
5° un morceau de savon pour les soins de propreté et laver
le linge; 6° un jeu de brosses et d'effets d'astique par *quatre*
ou *cinq* hommes ; 7° les vivres ; 8° les cartouches, qui peuvent aussi être placées dans la musette; 9° si la campagne
doit être longue, une bonne paire de souliers de rechange.

La tente, renfermant la capote, est roulée en fer à cheval sur le sac; dans les grands froids, on y ajoute la demi-couverture du campement.

Les autres effets sont placés, par escouade, dans des sacs portant le numéro de la compagnie et versés au petit dépôt ou dans un local donné au régiment.

Dans la cavalerie, des mesures analogues sont prises en vue de charger le moins possible les chevaux.

Le cavalier est en pantalon de cheval et en veste. Le porte-manteau doit renfermer une bonne chemise, un caleçon, un pantalon de treillis, une calotte.

Sur le porte-manteau on roule la petite tente, et au-dessus on place la corde pour quatre chevaux ou les piquets.

Les sacoches renferment les effets de propreté et les effets de pansage.

Le manteau, le sac à distribution et la blouse sont roulés sur le devant de la selle; les ustensiles de campement y sont fixés.

Les poches aux fers sont garnies des fers de rechange.

§ II. — CAMPEMENT

Le campement d'une colonne a lieu constamment en carré. Les faces sont indiquées par quatre cavaliers; elles sont toujours formées par les mêmes troupes, diminuées des compagnies de service, qui se placent en avant, attendant les ordres.
— Le fanion du commandant de la colonne indique le point de droite de la première face; par suite, il détermine tous les autres *et les places de chacun.*

La première face sera formée par tels ou tels bataillons ou compagnies;

La deuxième face sera formée par tels ou tels bataillons ou compagnies;

La troisième face sera formée par tels ou tels bataillons ou compagnies;

La quatrième face sera formée par tels ou tels bataillons ou compagnies.

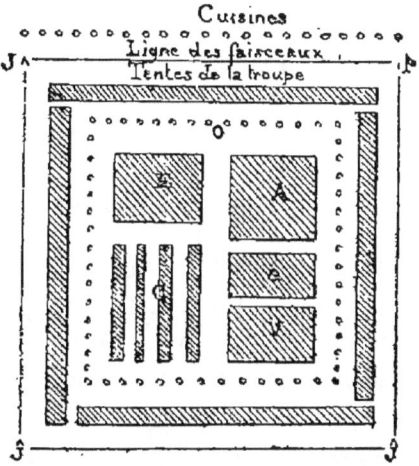

Les compagnies sont alignées sur les jalonneurs; elles laissent entre elles une dizaine de mètres et la même distance du côté des jalonneurs, dans le but d'éviter l'entassement dans les angles. S'il existe des vides, ils sont répartis entre les compagnies; ces dispositions prises, la troupe repose sur les armes et forme les faisceaux.

Les cuisines sont installées à 10 mètres en avant des faisceaux.

La première ligne des tentes de la troupe est à 10 mètres en arrière de la ligne des faisceaux.

Les officiers campent en arrière de la troupe.

A 40 ou 50 mètres en arrière du milieu de la première face et à droite campe l'artillerie; elle forme son parc en carré (A).

Derrière l'artillerie se place l'ambulance (a).

Derrière l'ambulance, le train et les vivres (V).

L'état-major de la colonne campe à 40 ou 50 mètres en arrière du centre de la première face et à gauche (E).

La cavalerie, derrière l'état-major (C).

Le convoi arabe et le troupeau sont généralement placés en dehors du carré, sur l'emplacement jugé le plus convenable. Ils se trouvent entre une face et les grand'gardes, dans un pli de terrain si c'est possible.

§ III. — GARDE DE POLICE

Il n'y a qu'une seule garde de police pour tout le camp; elle se compose d'une ou de plusieurs compagnies; elle est commandée la veille, au rapport, pour le lendemain; elle se place à proximité de la tente du commandant de la colonne; elle sert de piquet, elle fournit les sentinelles à l'état-major, les gardes aux ambulances, aux vivres, au troupeau, etc.

L'officier qui la commande reçoit les ordres du chef d'état-major; il veille au repos et à la sûreté intérieure du camp; il fait exécuter les sonneries générales aux heures fixées par le rapport; il en est responsable. Ces sonneries, toujours précédées du refrain de la brigade, sont répétées par les corps et détachements.

Les sonneries générales sont : le rappel aux tambours, la diane, le premier (indiqué par la batterie aux champs ou le boute-charge), l'assemblée, le rapport (annoncé par le refrain de la brigade suivi de cinq coups de langue ou de baguette), la retraite.

Chaque corps envoie ses hommes punis à sa grand'garde. L'artillerie, la cavalerie, les détachements qui n'ont pas de grand'garde les font conduire à la garde de police du camp.

§ IV. — GRAND'GARDES ET PETITS POSTES

En Afrique, le système de garde et de surveillance d'un camp diffère un peu de celui usité en Europe : là, il y a les grand'gardes, les petits postes et une chaîne de sentinelles ou de vedettes ; ici, les petits postes sont plus rares et plus forts ; on ne les place que pendant la nuit et pour surveiller un passage. Durant le jour, c'est à l'œil à éclairer au loin ; les grand'gardes, disposées généralement sur des points culminants, suffisent à cette nécessité. Quant à la ligne des sentinelles, elle n'est jamais employée, car ce serait exposer les hommes à être assassinés par ces hardis coureurs qui se glissent comme des serpents entre les broussailles et tombent sur leur ennemi avant qu'il ait eu le temps de se mettre en défense.

Dès l'arrivée au camp, le commandant de la colonne désigne les points des grand'gardes, leur force, etc., à l'officier supérieur de jour commandé au rapport de la veille et qui doit s'empresser d'accourir, lorsqu'il a connaissance qu'on se dispose à camper. Ce dernier dirige, *sans retard*, les compagnies de service sur les points indiqués, puis va successivement les visiter pour s'assurer, *par lui-même*, qu'elles occupent bien les positions indiquées ou pour leur en faire prendre de meilleures, s'il en découvrait. Il profite de cette visite pour étudier le terrain et décider si des postes de nuit doivent être établis ; dans ce cas, il en indique les points et la force ; enfin il fait les recommandations et donne les consignes particulières qu'il croit convenables ; à sa rentrée au camp, il rend compte au général ou à son chef d'état-major.

A moins d'ordres contraires, les troupes s'établissent sous

leurs petites tentes; dans les grand'gardes et les petits postes durant la nuit, elles ne font pas de feux : ce serait indiquer leur position à l'ennemi et mettre en cible les sentinelles; toujours la moitié des hommes veille, pendant que l'autre moitié repose, habillée et équipée, le fusil près de la main.

En Kabylie, si l'ennemi est audacieux, si des attaques de nuit sont à craindre, les grand'gardes se retranchent.

Il en est de même des petits postes, si l'on juge convenable d'en établir; dans ce cas, ils doivent être très-forts et placés avant la nuit.

§ V. — ALERTES ET ATTAQUES DE NUIT

En cas d'alerte de nuit, les grand'gardes, les petits postes et la garde de police prennent les armes. Le camp ne bouge pas. Après avoir indiqué l'alerte par quelques coups de feu, les grand'gardes et les petits postes ne tirent qu'à bon escient et lorsqu'ils distinguent clairement l'ennemi.

En cas d'attaque de nuit, tous les feux du camp sont immédiatement éteints; les hommes sur les faces prennent les armes dans le plus profond silence; ils mettent la baïonnette au canon; ceux de l'intérieur du camp ont le sabre à la main (le fusil doit leur être défendu, il y aurait un trop grand danger); les uns et les autres se couchent pour éviter d'être touchés; défense est faite à tous de tirer un *seul* coup de feu; outre que les grand'gardes et les petits postes pourraient être atteints, le tir pourrait provoquer la confusion et des fusillades réciproques. Si, par impossible, l'ennemi s'approchait trop près d'une face, les hommes qui la forment, entraînés par leurs officiers, courraient sus à la baïonnette, mais, nous le répétons, dans aucun cas, il ne doit être tiré un seul coup de feu par le camp. C'est en procédant ainsi qu'une faible colonne de 820 hommes, cernée, dans la nuit

du 13 mai 1864, par 4,000 Flittas révoltés, non-seulement
sauva son honneur et sa vie, mais infligea encore des pertes
cruelles à l'ennemi.

§ VI. — SERVICE INTÉRIEUR DU CAMP

1° *Installation des troupes au camp, réparation des effets, etc.* — Dès que les faisceaux sont formés et les rangs
rompus, chaque compagnie place un factionnaire devant ses
faisceaux (parfois, ce service a lieu par division, surtout
durant le jour); les hommes dressent immédiatement leurs
tentes, dont le petit côté doit, à moins de déclivité du sol,
être tourné vers le front de bandière ; ils placent leurs hâvre-
sacs et arrangent leurs effets ; le cuisinier de l'escouade creuse
et allume son fourneau ; un homme va à l'eau, deux ou trois
autres ramassent du bois ou des matières combustibles ; le
reste va chercher des herbes sèches, des petites branches
d'arbres, du diss, du jonc, pour isoler leur couche de la
terre : par cette répartition, on pourvoit rapidement à tous
les besoins du bivac. Puis on nettoie les armes, on raccom-
mode et approprie les effets.

Avant de partir, chaque compagnie doit être pourvue d'un
tailleur et d'un cordonnier, avec ce qui est nécessaire pour
les réparations les plus urgentes ; par bataillon, au moins
par régiment, il doit y avoir un ferblantier pourvu de sou-
dure et des outils propres à réparer les ustensiles de campement.

L'artillerie doit posséder une petite forge et quelques
ouvriers en bois et en fer, afin de pouvoir réparer les bâts
les cantines, les litières, cacolets, etc. ; elle doit être la pro-
vidence de la colonne.

Un vétérinaire et des maréchaux-ferrants doivent marcher

avec la cavalerie et pourvoir aux exigences de tous les chevaux de la colonne.

2° *Rapport journalier.* — Tous les jours, à l'heure indiquée ou à la sonnerie spéciale, les chefs de corps, de détachements et de service se rendent chez le commandant de
la colonne pour recevoir le rapport, qui fait connaître :

L'heure du départ pour le lendemain ;

L'ordre de marche et quelques données sur l'itinéraire ;

Les heures et les tours de distributions ;

Le service à fournir pour le lendemain ;

Les diverses recommandations ou prescriptions jugées nécessaires.

Les chefs de corps, de détachements ou de service font
immédiatement connaître le rapport à leur troupe.

3° *Situations.* — Tous les jours, une heure après l'arrivée
au bivac, chaque corps ou détachement fait remettre au
chef d'état-major de la colonne une situation sommaire du
modèle suivant :

PRÉSENTS

Officiers... »» | Troupe............. »» | Chevaux et mulets.. »»

MALADES

Officiers... »» | Troupe............. »» | Chevaux et mulets.. »o

PUNITIONS

Consigne.. »» | Salle de police.. »» | Prison .... »»

Les punitions infligées aux officiers sont toujours portées
à la connaissance du commandant de la colonne par pli
cacheté.

Les punitions graves, notamment celles de la prison, doivent être mentionnées nominativement et motivées.

Demandes. — Afin d'éviter les écritures, toutes les demandes, sauf de très-rares exceptions, doivent être consignées à cette place.

Observations. — On mentionnera ici les diverses observations à soumettre dans l'intérêt du service, de la troupe, des marches, de la discipline, de la garde du camp, etc.

4° *Visite des malades, précautions hygiéniques et soins de propreté.* — Une heure après l'arrivée au camp, les médecins du corps passent la visite des malades; ils la font également le matin, une demi-heure après la diane. Les hommes sérieusement atteints sont envoyés à l'ambulance; les blessés sont désignés pour être portés par les cacolets; les militaires qui ne sont que fatigués sont débarrassés de leur sac. Le médecin établit un ordre pour les uns et les autres et le soumet au visa du chef de corps. L'officier commandant le détachement des mulets d'ambulance obtempère à ses réquisitions; au rapport journalier, il rend compte du nombre d'hommes et de sacs de chaque corps transportés sur les cacolets.

Tous les jours les commandants des compagnies ou escadrons exigent que leurs hommes se lavent le corps, les mains, la figure et les pieds; que, dans chaque escouade, il y ait un morceau de suif pour les excoriations; que chaque homme ait du savon pour les soins de propreté et le lavage du linge.

Ils exigent que leurs soldats portent la ceinture de flanelle, si préservatrice en Afrique; qu'ils soient complétement vêtus après le coucher du soleil; qu'ils isolent leur couche du sol au moyen d'herbes, de diss ou de branchages, etc.; qu'ils ne boivent pas de l'eau pure, mais qu'ils la coupent avec du café, de l'orge, de la menthe, du thé suisse, de l'eau-de-vie, des pointes de tiges de lentisques, etc.

5° *Corvées extérieures.* — Toutes les corvées de bois, d'eau, de fourrages, etc., qui ont lieu au delà de la ligne des grand'gardes, doivent se faire en armes et, suivant leur force, être commandées par des caporaux, des sous-officiers ou des officiers.

6° *Ordinaires*. — Les ordinaires ont lieu par escouade dans l'infanterie, et par tribu dans la cavalerie.

Cette disposition réglementaire n'empêche nullement le capitaine commandant la compagnie ou l'escadron d'acheter en gros, pour sa troupe, les approvisionnements de café, de sucre, de graisse, d'oignons, de cirage, etc.; il en fait faire la sous-répartition aux escouades et aux tribus, au *prorata* de leur effectif.

Habituellement la troupe fait trois repas : le premier a lieu au réveil; il se compose de café et de biscuit ou d'une soupe à l'oignon; le second se fait à la grande halte ou à l'arrivée au bivac : on mange, alors, un morceau de viande froide conservé de la veille, et l'on prend le café; le soir, les troupes mangent la soupe grasse dès qu'elle est faite et la moitié de la viande qui a servi à la préparer; l'autre moitié est conservée pour le deuxième repas du lendemain.

Il convient de donner aux hommes une petite réserve de vivres à laquelle ils ne doivent toucher sous aucun prétexte.

Les commandants de compagnie se la font journellement représenter; ils punissent les militaires qui l'ont entamée et font remplacer les parties manquantes par des achats payés au moyen de retenues sur la solde des contrevenants.

7° *Sonneries*. — Il convient d'être très-sobre de sonneries. Il serait même à désirer qu'on arrivât progressivement à pouvoir s'en passer, comme dans l'armée prussienne.

Tous les corps et détachements répètent celles qui proviennent de l'état-major.

Lorsqu'un corps ou un détachement juge convenable d'en faire une pour son service intérieur, il la fait précéder du refrain qui lui est propre.

8º *Appels.* — Lorsqu'on marche, il y a trois appels : le premier se fait au départ, le second à l'arrivée au camp, le troisième après la retraite. Lorsqu'on fait séjour, les mêmes appels ont lieu ; seulement le deuxième se fait à midi et en armes.

Après l'appel qui suit la retraite, les hommes doivent prendre du repos; tout cri, tout bruit, toute conversation à haute voix sont formellement défendus.

9º *Dispositions à prendre au réveil.* — Une heure avant le réveil, les cuisiniers se lèvent pour préparer le café ou la soupe à l'oignon. Ils doivent éviter de parler haut, de faire du bruit, de troubler le repos du camp ; la veille ils ont dû, avant de se livrer au repos, préparer l'eau et le bois nécessaires.

Au réveil, les hommes s'apprêtent; *ils visitent et essuient* leur fusil. Les cavaliers soignent les chevaux.

Trois quarts d'heure après le réveil et si l'on doit marcher, on bat le premier (aux champs) pour donner le signal d'abattre les tentes, de faire les sacs, de seller les chevaux et de charger les bagages. Une demi-heure après le premier, on sonne le second (l'assemblée). A ce signal, les troupes prennent les armes ou montent à cheval ; l'appel se fait *rapidement;* celles qui doivent former la tête de colonne dans l'ordre de marche se mettent en mouvement dans la direction de la face indiquée au rapport de la veille ; elles s'arrêtent après avoir parcouru de 4 à 500 mètres, pour permettre à la colonne de commencer sa formation, qu'elle ne doit compléter qu'en marchant ; à la sonnerie de la marche, faite par l'état-major et répété par tous, elles s'ébranlent lentement.

10º *Bagages.* — Nous sommes loin du temps où il n'était accordé qu'un seul mulet par division d'infanterie ou par escadron de cavalerie. A cette époque il n'y avait de tentes que pour l'ambulance ; les officiers tiraient leur subsistance de l'ordinaire du soldat.

Il est vrai de dire que les expéditions d'alors étaient courtes et que, malgré leur peu de durée, les maladies résultant de tant de privations et de fatigues étaient nombreuses.

Mais, entre cette pénurie complète et l'excès dans lequel nous sommes tombés depuis, il y a un juste milieu qu'il convient d'obtenir, afin d'éviter les lourdes colonnes et le danger d'un nombreux convoi dans les pays difficiles et hostiles. On ne saurait admettre que chaque officier ait sa tente et son mulet : tout ce qu'on peut accorder est trois bêtes de somme par division d'infanterie ou par escadron de cavalerie.

§ VII. — DES MARCHES

1º *Ordre de marche.* — Ainsi qu'il a été dit plus haut, l'ordre de marche est donné au rapport de la veille.

Dans les terrains entrecoupés de plaines et de montagnes, un, deux ou plusieurs bataillons (suivant leur nombre, les deux cinquièmes environ) marchent en tête ; un cinquième est avec le convoi ; les deux autres cinquièmes forment l'arrière-garde.

Le premier bataillon de tête envoie en pointe d'avant-garde une ou plusieurs compagnies, qui marchent à 500 mètres de la colonne et déploient des tirailleurs à 400 mètres en avant d'elles.

Derrière ces bataillons marche l'artillerie, sa compagnie de soutien, l'ambulance ; des compagnies ou un bataillon, suivant la force de la colonne, ferment la marche de ce premier groupe de combat, après lequel vient le convoi.

Le convoi est divisé en sections ayant chacune son chef. Un officier de gendarmerie, du train ou tout autre commande l'ensemble.

La première section comprend les bagages de l'état-major, les corps et détachements marchant suivant leur ordre de bataille et sous la conduite et l'autorité de leurs vaguemestres respectifs.

La deuxième section est composée par les vivres et le troupeau.

La troisième comprend le convoi arabe.

Entre chaque section marchent deux compagnies fournies par un bataillon dit de convoi. Si la force de la colonne ne le permet pas, on ne met qu'une compagnie ou moins encore.

Chaque fois que l'état politique et militaire du pays à traverser le permet, le convoi arabe marche, sous la protection d'une partie du goum, en dehors de la colonne ; de cette manière elle est moins longue et moins lourde.

Après le convoi vient l'arrière-garde, formée par environ les deux cinquièmes de l'infanterie de la colonne. Le bataillon de queue détache en extrême arrière-garde une ou plusieurs compagnies qui déploient des tirailleurs à 400 mètres en arrière d'elles ; avec l'extrême arrière-garde marchent un peloton ou deux de cavalerie, une section de combat d'artillerie, un certain nombre de mulets de cacolets pour ramasser les morts, les blessés ou les malades.

Chaque fois qu'il est possible à la cavalerie de marcher en dehors de la colonne, elle ne doit pas y manquer : dans ce cas elle se tient en tête, en queue ou sur l'un des flancs, suivant le terrain et les circonstances, éclairant le plus loin possible, à moins que des goums ne soient en avant d'elle. C'est ce qui arrive ordinairement. Dans ce cas, la cavalerie régulière, considérée comme soutien, marche en colonne par peloton. Quant aux goums, ils fouillent le pays à de grandes distances, couronnant les crêtes et plongeant dans l'horizon.

2° *Flanqueurs.* — Lorsque les difficultés du sol et l'hostilité du pays s'opposent d'une façon absolue à ce que l'on confie le flanquement de la colonne aux goums ou à la cavalerie, l'infanterie en demeure chargée.

Il y a deux manières pour flanquer une colonne :

La première s'emploie dans les terrains qui, quoique difficiles, ont une certaine corrélation entre eux. Des compagnies sont détachées sur le flanc à couvrir : celle qui est en tête marche à la hauteur de l'extrême avant-garde ; les compagnies intermédiaires s'espacent convenablement et rationnellement, de façon à couvrir la colonne. Toutes marchent, autant que possible, réunies, déployant seulement quelques tirailleurs ; elles suivent la série des positions défensives et par cela même, d'après l'expression pittoresque du troupier, elles *mamelonnent*.

Lorsqu'elles rencontrent l'ennemi en force, elles tâchent d'atteindre la meilleure position à leur portée ; elles s'y arrêtent et s'y défendent jusqu'à ce que la colonne leur ait envoyé des renforts.

La deuxième manière s'emploie dans les pays entremêlés de pics élevés et de ravins profonds ; il serait impossible d'y mamelonner sans éreinter les bataillons de flanqueurs et sans perdre un temps énorme pour attendre qu'ils soient arrivés en position.

Dans ce cas, on procède de la façon suivante : la majeure partie de l'infanterie marche en tête de la colonne ; au fur et à mesure qu'elle avance, des compagnies sont détachées pour prendre les positions qui se trouvent sur le flanc à couvrir ; elles s'y maintiennent jusqu'au moment où, l'arrière-garde arrivant à leur hauteur, elles en descendent pour entrer dans la colonne.

Lorsque la majeure partie de l'infanterie, qui dans le principe se trouvait en tête, est passée en queue, la colonne est arrêtée pour lui permettre de regagner la tête et de reprendre ce mode de flanquement, un peu long, mais très-sûr.

Il faut toujours avoir la précaution de donner quelques cavaliers de goum aux compagnies envoyées en position : ils servent de guides et d'éclaireurs.

3º *Ordre de marche en pays de plaine.* — Dans les plaines, sur les hauts plateaux, dans le désert, l'ordre de marche est nécessairement différent de celui qui vient d'être exposé.

La cavalerie, dont une petite partie est en tête et en queue, marche en colonne par peloton sur chacun des deux flancs, précédée à de longues distances par les goums en éclaireurs ; un ou deux bataillons sont en tête, en colonne par peloton ; un ou plusieurs bataillons marchent de même sur chaque flanc, en dedans des colonnes de cavalerie ; un ou deux bataillons sont à l'arrière-garde, suivant les traces de ceux d'avant-garde.

L'artillerie, l'ambulance, les diverses sections du convoi marchent, suivant l'ordre indiqué plus haut, dans les traces des bataillons d'avant-garde et dans une espèce de carré mouvant.

Lorsque la cavalerie dont on dispose est peu nombreuse, tandis que celle de l'ennemi est considérable, il est prudent de suivre l'exemple du maréchal Bugeaud à Isly. Dans ce cas elle ne doit pas marcher sur les flancs extérieurs, mais intérieurement, suivant les deuxième et troisième faces du carré mouvant.

4º *Officier d'état-major surveillant l'ordre de marche.* — Au moment du départ, le chef d'état-major de la colonne se tient à la sortie du camp, il veille à l'observation de l'ordre de marche par tous les corps et détachements, il rend compte au commandant de la colonne à la première halte.

5º *Sonneries de halte et de marche.* — La première halte se fait quarante-cinq minutes environ après le départ et lorsque toutes les troupes sont entrées dans la colonne.

Les haltes suivantes sont espacées d'heure en heure et sont de dix minutes.

Le clairon de la tête sonne *halte!* avec le refrain de la brigade.

Les corps et détachements répètent successivement la sonnerie, mais *ils ne s'arrêtent que lorsqu'ils ont* SERRÉ *sur la colonne.* Les hommes déposent leur sac à terre et se reposent.

Pour se mettre en marche, le clairon de la tête sonne d'abord *sac au dos,* puis la *casquette,* précédée du refrain de la brigade.

Les corps et détachements *ne répètent les sonneries qu'au moment où ils peuvent se mettre en mouvement.* En agissant ainsi, tout le monde se repose dans la colonne.

Durant les haltes, les sous-officiers doivent exiger que les hommes respectent leurs camarades et leurs officiers, en ne satisfaisant pas leurs besoins en quelque sorte au milieu d'eux : ce manque de dignité se produit trop souvent.

6º *Transmission de communications de la tête à la queue et réciproquement.* — Lorsqu'un ordre ou un avis n'a pas une importance majeure, et qu'il doit être transmis de la tête à la queue de la colonne et réciproquement, on l'écrit au crayon, et il est porté de bataillon en bataillon ou de détachement en détachement, par les divers adjudants-majors ou officiers se relevant successivement. Ce procédé, tout en étant rapide, évite de grandes fatigues aux adjudants-majors de l'arrière-garde, et ne prive pas leur chef de leurs services.

Mais lorsqu'un ordre ou avis présente une certaine importance, comme une attaque sérieuse, la demande de renforts, etc., l'officier qui en est le premier chargé doit le remettre lui-même au destinataire, afin d'être bien certain qu'il ne restera pas en route, et, en second lieu, pour pouvoir donner les éclaircissements ou renseignements qui seraient demandés.

7° *Hommes quittant le rang.* — Tout homme qui, en marche, quitte le rang, remet son fusil à son camarade : on est sûr ainsi qu'il ne s'attardera pas.

Le commandant de l'arrière-garde ramasse tous les traînards; à l'arrivée au camp, il en donne les noms, numéros du régiment, bataillon et compagnie au chef d'état-major de la colonne.

8° *Observations générales sur les marches de jour et de nuit.* — Toutes les fois que rien ne s'y oppose, une colonne doit se mettre en route au jour : ce mode permet d'avoir terminé l'étape vers les dix ou onze heures du matin; par suite, de donner plus de repos aux hommes et aux animaux, et plus de temps pour les distributions et les diverses réparations aux effets d'habillement, d'équipement et de harnachement.

Si l'étape ne peut être terminée avant midi, il convient, aux deux tiers de la marche, de faire une grande halte d'environ une heure ou une heure et demie, suivant la fatigue des hommes.

Si, enfin, la marche doit être forcée, si la chaleur est forte et si les circonstances de guerre le permettent, on coupe l'étape en deux parties : la première, du lever du soleil à dix ou onze heures; la seconde, de quatre heures du soir à la nuit; dans cette occasion, la soupe se mange avant quatre heures. En marche, le chef du bataillon tête de colonne place en tête un sous-officier qui a un pas très-réglé; il ne doit pas faire plus de cent dix pas à la minute; en marchant plus vite, la gauche ne pourrait pas suivre.

Dans les marches de nuit qui précèdent ordinairement les razzias, le sous-officier ne doit pas faire plus de cent pas à la minute. Les haltes se font tous les trois quarts d'heure et sont de quinze minutes au moins. *La défense de fumer et le plus grand silence sont expressément recommandés.* Des guides doivent être donnés aux diverses parties de la colonne.

Cette précaution les empêche de s'égarer.

§ VIII. — COMBATS

Les actions de guerre d'Afrique peuvent se ranger en quatre catégories :

1° Celles où toutes les troupes sont engagées : elles sont rares ;

2° Les combats d'avant-garde : ils sont généralement peu sérieux ;

3° Les combats d'arrière-garde : ce sont les plus fréquents ;

4° Les razzias.

Les uns et les autres se réduisent ordinairement à des actions de tirailleurs appuyés par des réserves. Par suite, c'est une guerre de chicane et de positions, où l'avantage reste à celui qui a plus de coup d'œil ou qui est le plus nombreux. Il faut donc qu'un officier qui commande une ligne de tirailleurs, tout en soutenant ou poursuivant l'attaque de front, cherche à déborder, à tourner ou à plonger la ligne ennemie. Il dirige ses hommes en conséquence, avec sang-froid et sans précipitation. Cette méthode est sûre ; elle épargne le sang des soldats et détermine la fuite de l'ennemi.

1° *Combat général.* — Lorsque le nombre des ennemis ou

la force de ses positions fait juger une action générale imminente, la colonne est arrêtée et massée, si elle ne l'est déjà; l'ambulance et le convoi sont établis sur une position défensive et confiés à la garde d'un ou de deux bataillons; les autres troupes sont disposées en vue de l'action à entreprendre. Parfois elles laissent leurs sacs sous la protection du convoi; parfois aussi, lorsque le camp est établi, les grand'gardes demeurent en position. Les cuisiniers, les malingres et le convoi, avec un ou deux bataillons d'appui, restent dans le camp; les autres troupes, n'emportant que leurs cartouches et un peu de biscuit, sont dirigées sur le point où elles doivent combattre.

2° *Combats d'avant-garde*. — Ils sont généralement rares et peu sérieux, à moins que l'ennemi n'occupe de fortes positions et qu'il ne soit décidé à les défendre vigoureusement: ils rentrent alors dans la première catégorie que nous venons d'examiner et donnent lieu à l'emploi des moyens qui y sont indiqués.

Si, au contraire (et ainsi que cela se passe habituellement), l'ennemi n'est pas en force ou qu'il veuille se borner à une simple démonstration, la marche de la colonne ne doit pas être arrêtée. Suivant le terrain, l'extrême avant-garde est renforcée en infanterie et cavalerie, et c'est à elle que revient le soin de réduire à néant les tentatives de résistance.

3° *Combats d'arrière-garde*. — Ceux-là sont les plus fréquents, par la raison toute simple qu'ils sont plus avantageux aux indigènes et à leur mode de combattre. En effet, à l'inverse des combats généraux ou d'avant-garde, dans lesquels ils ont à redouter toutes les forces de la colonne, ici ils n'ont affaire qu'à un nombre restreint, obligé de reculer par suite des nécessités de la marche; en outre, connaissant

admirablement leur pays, habiles à profiter de tous les mou-
vements de terrain, ils se faufilent sur les flancs au fur et à
mesure que la colonne s'avance, ils s'embusquent et atten-
dent l'arrivée de l'arrière-garde, quelquefois même de l'extrême arrière-garde ; puis, à l'improviste, ils font une dé-
charge et se précipitent sur la portion de la troupe attaquée,
afin de la séparer complétement de la colonne et de pouvoir
l'anéantir.

Ici deux cas se présentent :

Si l'ennemi se montre en forces considérables, le commandant de l'arrière-garde doit parer au plus pressé et en-
voyer, immédiatement et rapidement, prévenir le commandant de la colonne. Ce dernier arrête les troupes, les fait
masser sur la queue et prend ses dispositions comme il a
été dit plus haut pour une attaque générale. On choisit sur
les flancs une position pour le convoi et l'ambulance, qui
sont laissés à la garde d'une force suffisante.

Si, au contraire, le commandant de l'arrière-garde juge
qu'avec les forces dont il dispose il pourra tenir tête victo-
rieusement à l'ennemi, il n'en prévient pas moins le commandant de la colonne. Ce dernier se borne alors à ralentir la
marche et à faire des repos plus fréquents et plus longs,
afin de donner tout le temps possible à l'arrière-garde de
prendre ses dispositions, de combattre et de rejoindre ; de son
côté, le chef qui la commande occupe par des flanqueurs (si
elles ne le sont déjà) les positions de droite et de gauche du
chemin à parcourir. Ces troupes rentrent successivement
dans la colonne au moment où l'extrême arrière-garde arrive à leur hauteur.

Si l'ennemi devient trop hardi, il lui prépare un de ces
retours de main dans lesquels excellait le maréchal Bugeaud,
et qui ont fait la fortune et le renom du général Renaud, tué
pendant le siége de Paris. A cet effet, il choisit un pli de ter-

rain, y masse les compagnies d'infanterie qu'il veut engager et qui, au préalable, doivent y déposer leurs sacs; il y cache sa cavalerie, s'il en a. Sa ligne extrême de tirailleurs, qui a le mot, semble faiblir; naturellement l'audace de l'ennemi s'en accroît; tout à coup elle cède; des hommes tombent, feignant d'être atteints; au signal du chef (donné lorsque l'ennemi est suffisamment amorcé), les troupes embusquées s'élancent; la cavalerie charge en fourrageurs et à fond; l'infanterie la suit au pas de course; on va ainsi jusqu'à perte d'haleine, tuant ou dispersant tout ce qui se trouve à portée.

Lorsque le chef de l'arrière-garde, qui a suivi le retour offensif à la tête d'une ou plusieurs compagnies de réserve, juge que la poursuite est suffisante, il fait sonner le ralliement et rejoint la colonne avec toutes ses forces réunies.

Ces retours offensifs bien conduits dégoûtent l'ennemi et e rendent fort circonspect. Quoiqu'ils soient souvent renouvelés, ils n'en réussissent pas moins.

4° *Razzia.* — La razzia est une sorte de coup d'épervier sur des populations et des troupeaux cachés ou en fuite.

Une marche de nuit, qui permet de s'en approcher sans être découvert, précède d'habitude ce genre d'opération, fort usité dans la guerre d'Afrique et qui détermine la soumission des tribus. — Il convient d'arriver un peu avant le jour sur l'emplacement de la razzia, dont la position a dû être, au préalable, déterminée par les rapports et les indications des espions.

Généralement les troupes qui font la razzia sont sans sacs, afin d'être plus alertes; elles sont divisées en deux parties :

1° Le soutien, qui prend position au centre de l'opération, sur une crête, si c'est possible, d'où il puisse découvrir l'ensemble;

2° Les *razeurs* (goum, cavalerie, infanterie), qui sont lancés en traqueurs dans les divers rayons de l'épervier. Comme les tirailleurs, ils doivent toujours conserver, par compagnie ou par escadron, une petite réserve sur laquelle ils puissent se replier au besoin. Les traqueurs fouillent le terrain, tuant les hommes armés, s'emparant des femmes, des enfants, des hommes désarmés, des troupeaux, du butin, etc., les dirigeant sur les réserves, brûlant les objets qu'ils ne peuvent emporter.

Lorsque le coup de main est terminé, lorsque toutes les troupes sont rentrées, l'appel est fait; des gardes particulières sont commandées pour escorter les prisonniers, les troupeaux, etc. Elles doivent marcher en avant de la colonne pour le retour au camp.

§ IX. — NOTES DIVERSES

1° *Approvisionnement en cartouches.* — En Europe, l'approvisionnement en cartouches est de trois cents par homme d'infanterie, dont quatre-vingt-dix sur l'homme, une trentaine dans les caissons de bataillon, une cinquantaine au parc du corps d'armée, le reste à la réserve du grand quartier général.

Dans la guerre d'Afrique, où les actions sont moins nombreuses et moins longues, et où l'on opère sur un échiquier à soi, dont les diverses places sont ou doivent être approvisionnées en munitions, les pièces n'ont généralement que cent huit coups. La réserve en cartouches est seulement d'environ trente par homme d'infanterie, de vingt par cavalier, plus un certain nombre de cartouches à silex destinées aux goums.

2° *Ambulances.* — L'ambulance doit avoir son comptable

et son médecin particuliers, avec le nombre d'infirmiers et le matériel proportionnés à l'effectif de la colonne.

Les mulets de litière ou de cacolet qui lui sont affectés doivent être dans la proportion de 2 à 3 pour 100 de l'effectif.

3° *Vivres.* — Bien que dans certaines expéditions on ait donné jusqu'à huit jours de vivres à porter à la troupe, il convient de ne pas dépasser le chiffre quatre, y compris les jours de vivres de réserve.

Le nombre des rations à emporter est calculé d'après la durée probable de l'expédition ou du nombre de journées de marche qui sépare la colonne d'un point de ravitaillement.

Ces vivres sont généralement chargés sur des mulets ou des chameaux arabes de réquisition, qui forment un convoi à part.

Dans les pays où l'eau est rare, la colonne doit être pourvue d'un équipage de tonnelets.

Un comptable des subsistances militaires doit toujours être attaché à une colonne.

4° *Direction des services administratifs.* — La surveillance et la direction des services sanitaire et des vivres appartiennent naturellement à l'intendance. Si un fonctionnaire de ce corps n'est pas attaché à la colonne, il convient de désigner un capitaine, capable et entendu, pour y suppléer.

5° *Bureau arabe et guides.* — En principe, le commandant et le chef du bureau arabe du cercle dans lequel une colonne opère doivent y être présents.

Ils sont les intermédiaires naturels avec les populations indigènes; ils ordonnent et rassemblent les réquisitions en cavaliers, fantassins, bêtes de somme, vivres et fourrages;

ils commandent et dirigent les goums; ils fournissent les renseignements politiques et militaires, préparent les itiné-raires, procurent les meilleurs guides; ils en ont toujours un certain nombre en réserve pour les diverses opérations ou les détachements.

6° *Service de la trésorerie et des postes.* — Dans les co-lonnes importantes, un employé de la trésorerie est chargé du service des fonds et en même temps de celui de la poste; un certain nombre de mulets et d'hommes du train sont mis à sa disposition; des avertissements donnés au rap-port journalier font connaître le jour du départ des courriers et l'heure à laquelle les paquets doivent être apportés par le vaguemestre des corps.

Dans les petites colonnes, un officier du train remplit gé-néralement les fonctions de vaguemestre général. — Quant aux fonds, les corps ou détachements doivent avoir, par de-vers eux, des avances suffisantes pour leur permettre d'at-teindre une localité où se trouve un payeur.

TABLE